佐野洋子＊作
広瀬　弦＊絵

ぼくの鳥あげる

幻戯書房

ぼくの鳥あげる

1

小さい男の子はお母さんのお腹から出てきたとき、ひたいにべったりと切手をはりつけていました。

時々は、首にへその緒を巻きつけた赤ん坊が生まれることはありましたが、ひたいに切手をはりつけて生まれてきた赤ん坊は初めてでした。

お医者さんは科学者ですから、見たものを信じないわけにはいきませんでした。

お医者さんは科学者でしたから、本に書いていないものは嘘だと思うことにしていました。

でもしかしたら、新しい大発見でノーベル賞をもらえるかもしれないとも考えました。

そこでお医者さんは看護婦に小さな男の子をわたして、産湯《うぶゆ》をつかわせる前に切手をペロリとはがしてポケットの中にしまいました。

小さな男の子を初めて見たお母さんは、

「わたしの赤ちゃん、わたしの赤ちゃん、まあなんて立派なひたいの赤ちゃんかしら。なんて利口そうなひたいかしら」

と言って、切手がはってあったところにキスをしました。

切手をポケットに入れたお医者さんは診察室に鍵をかけて、ポケットから切手をとり出しました。

切手には見たこともない鳥が描かれていました。

そして、見たこともない字が書いてありました。

お医者さんはじっと切手を見ていましたが、あんまり美しい切手だったので、しばらくのあいだ自分が科学者であることを忘れていました。

科学者であるお医者さんは、あんまり美しいことと、あんまり醜《みにく》いことの区別はしないようにしていました。

あんまり悲しいことと、あんまり嬉しいことの区別もしないようにしていました。

小指をけがしたかわいらしい娘さんだけに親切にはできないでしょう？

ビルから落っこって、ぐちゃぐちゃにつぶれた大工さんの足を汚いといって逃げ出すことはできないでしょう？

かわいい天使のような子供の病気がもう治らないとわかって、毎日泣くこともできないでしょう？

お医者さんは、切手から目をはなすことができませんでした。

そのとき、誰かが、ドンドンドアをたたきました。

たたき方で、お医者さんは奥さんだとすぐわかりました。

「あなた、あなた、あけてください。あけないと奥さんに言いつけますよ」

と奥さんは自分で言いました。

お医者さんは急いで切手をポケットにしまって、ドアをあけました。

奥さんの声を聞くと、いつだってお医者さんはとび上がってしまうのでした。

お医者さんは立派なお医者さんでしたから、誰にでも尊敬されていました。

お医者さんにさからう人は、誰もいませんでした。

奥さんだけがお医者さんの言うことに、なんでも反対するのでした。

奥さんは診察室に入ってくると、お医者さんをじろじろ見ました。

お医者さんはどぎまぎしました。

奥さんが疑わしそうな目でお医者さんを見るとき、たいがいお医者さんは疑わしいのでした。

奥さんは科学者よりも正確だったのです。

「あなた、よこしなさい」

と、奥さんは言いました。

お医者さんはポケットに手を入れて、切手を奥さんにわたしました。

奥さんはびっくりしました。

絹のスカーフではなく、切手が出てきたからです。

「へーえ、こんどは変わったお国の女の子なのね」

奥さんは見たこともない字の書いてある切手を見て言いました。

そして見たこともない鳥の絵を見て、とても心配になりました。

その鳥の絵は、どんな高い絹のスカーフの花の絵よりも美しかったからです。

奥さんはあとでしっかりと切手を調べて、女の子を見つけだし、「泥棒猫！」と言ってピシャリと女の子をたたいてやろうと思いました。

そして、奥さんは切手をハンドバッグに入れると、

「いいかげんにしなさいよ」

と言って、診察室を出ていきました。

2

泥棒は神様から特別な力を与えられていると思わずにはいられませんでした。

すれちがった人が、お金持ちかどうかわからないのに、気がついたときには、お金持ちの上着の内ポケットの中の二つ折りの財布の中のお金だけが、泥棒の手の中にあるのでした。

市長さんは、でっぱったお腹の上に金ぐさりをつけた金時計を見せびらかして、歩いていました。

市庁舎の大時計が12時を打ったとき、市長さんはもったいぶった手つきで金時計をチョッキのポケットからとり出そうとしました。でっぱったお腹があるだけでした。

泥棒がちょっと横を歩いたからです。

気取った伯爵夫人はパーティーの最中に、ダイヤモンドのネックレスのついていない長い首にさわって、びっくりしました。

このごろひどくなった物忘れに、誰かが気がついたのではないかと思ったのです。

伯爵夫人は、ネックレスをつけてきたことをすっかり忘れていたのです。

給仕に化けた泥棒は、靴の中のダイヤモンドのネックレスのせいで、足をひきずりながらシャンパンを配っているのでした。

探偵の事務所に行こうと大急ぎで街を歩いていたお医者さんの奥さんは、泥棒と正面衝突をしてしまいました。

泥棒は、礼儀正しく帽子をとって、

「失礼マダム」

と言ったときは、手の中に見たこともない切手を持っていました。

お医者さんの奥さんがおしりをふりふり遠ざかっていくのを見ながら、泥棒はポカンと切手と奥さんのおしりを見くらべていました。

泥棒は見たこともない切手を見ながら、

「おれも腕が落ちたもんだ、子供のときだってこんなちっちゃなもの泥棒したことなかったのに」

と言いました。

泥棒は字が読めなかったので、切手に書かれている不思議な字を不思議とも思いませんでした。

でも見たこともない美しい鳥の絵は、泥棒をとても不思議な気持ちにさせました。

泥棒は切手を胸のポケットにしまいました。

「ただいま」

泥棒は家に帰ると、お母さんにあいさつをしました。

お母さんは年なんかわからないほどのおばあさんで、ゆり椅子にすわっていました。

「お見せ」

仕事から帰ってきた泥棒を見て、泥棒のお母さんは言いました。

「今日はまるっきりだめだったよ。おれは才能がないんだ」

泥棒は椅子にこしかけると、髪をかきむしってうめきました。

うめきながら、

「今夜のごはんは何？」

と、お母さんに聞きました。

「豚の心臓のまるゆで。お前ぶどう酒は？」

泥棒は、袋の中からぶどう酒を一本とり出しました。

「何、これは？　デパートの売り物じゃないか。値段がついている。

こんなことは今どきの中学生の遊びだよ。せめてフランス大使館の酒蔵の一八〇〇年のナポレオンぐらい泥棒できないのかね」

泥棒は、デパートで買ったぶどう酒の栓を抜きながら言いました。栓抜きはエメラルドがはめこんである、アラブの金持ちからいただいたものでした。

「母さんがエジプトのピラミッドの中のルビーの杯《さかずき》をやったのは、いくつのときだった？」

「かれこれ、五十年も前かね。口惜しいから思い出させないでくれ。わたしは王の棺おけをやりそこなって、ルビーの杯しかものにできなかったのさ。すごい奴がいてね。棺おけをそっくり持ち出したあと、ピラミッドの上に立ったまま、月までやっちまったのさ。あいつは、自分の才能が怖くなっちゃったんだね。まさか月までやれるとは思わなかったのに、いっとき、世界を真っ暗にしちまった。

あいつがピラミッドの上で月を両手でささげている姿は、それは素敵だった。

あのときが、あいつの運命の分かれ目だったね。月をポケットにねじ込んで、次の仕事にかかるべきだったんだよ。月蝕だって街のものがさわいでいたよ。あいつは大急ぎで月を返しちまったのさ。

それっきり泥棒をやめて、図書館の貸出し係になっちゃった」

「僕の父さんだろ」

「ふん、わたしゃ才能を無駄にする奴はきらいだよ」

お母さんは悲しそうに泥棒を見ました。

「お前は血統からいえばとび切りなのにね」

泥棒は胸のポケットの切手を思い出しましたが、恥ずかしくてお母さんには見せませんでした。

切手を入れてある胸のところが、シクシク痛いような悲しいような気持ちがしました。

そして、豚の心臓のまるゆでとデパートのぶどう酒で夕食をすませました。

次の日、泥棒は仕事に行こうと思って家を出ました。

ぐるぐる街を歩きまわりましたが、泥棒の手の中は、家を出てきたときと同じからっぽのままでした。

泥棒は、図書館の前に立っていました。

泥棒は、世界で初めての羊の革でできた聖書を泥棒しようと思ったのです。

図書館に入っていくと、館長さんだけが暗くて広い図書室の中にすわっていました。

泥棒は、館長さんの前に立って言いました。

「貸出し係になりたいんで」

館長さんはめがねを外しながら、

「字は読めますか」

と泥棒に聞きました。

「とんでもない。しかし、わたしのおやじが図書館の貸出し係だったので」

館長さんは静かに首を横にふりました。

「どうしたら、字が読めるようになるんで？」

「ここにある本を読むことから始めるんだね」

泥棒は図書館の中をひとまわりしました。

そして一番立派な本を棚から出しました。

中には字ばかりがぎっしり並んでいました。

泥棒は初めて字をたくさん見て、とても不思議な気持ちになりました。

「この本が読みたいんで」

泥棒は館長さんのところに、その本を持っていきました。

「これはカントという立派な哲学者の、とてもむずかしい本だ。もし君がこの本を読みたいのなら、まず初めに、この本を読みたまえ」

と館長さんは言って、『子供が初めて出合う本』という絵の描いてある本を、泥棒に見せました。鳥の絵がありました。その横に「とり」という字が書いてありました。

立派な本を棚に返しにいこうと思い、もう一度本を開いてみました。

「いつかこの本を読めるようになりたいもんだ」

泥棒は思いました。

字を見ていると、胸がシクシクと苦しいような悲しいような気分になり、泥棒は切手のことを思い出しました。

泥棒は、胸の切手をとり出すと、本の上に置いてみました。

泥棒は切手の不思議な美しい鳥が、不思議な字ととても似合うような気がしたので、切手をはさんだまま本を閉じて、本を本棚に返しました。

「これを借りたいんで」

泥棒は館長さんに言って、『子供が初めて出合う本』という本を借りて、外へ出ました。

3

貧しい学生が図書館に来て本を借りていきました。

学生が重い本をかかえて、日の差さない自分の部屋に入ろうとすると、下宿のおかみさんがどなりました。

「国のおふくろさんに電報を打っておくれかい？」

「ええ、打ちました」

と、学生は答えました。

学生は電報を打っても、お金を送ってくれるお母さんなんかいない

のでした。

学生が小さいとき死んでしまっていたのです。

学生は日の差さない自分の部屋の机の前にすわると、勉強を始めました。

そして無いお金のことも、いないお母さんのことも忘れて本を読みました。

学生は知らないことを知ることだけが好きだったのです。

りんご一個買うことができない夜だって、本を読めばアフリカに象を撃ちにいくこともできましたし、象の体重がどれくらいあるかということを知ることもできました。

何千年も昔の学者と話をすることもできました。

偉い学者はお腹のすいたことなど、問題になんかしていませんでした。

偉い学者は本当のことはなんであるかを知ることはとてもむずかしいのだと、教えてくれました。

本当にお腹がすいたらどうしたらいいかとは教えてくれませんでした し、部屋代をすぐ払えとも言いませんでした。

学生は火のない部屋で図書館から借りてきた本を夢中で読みました。

本当のことを知れば知るほど、むずかしいことがどんどん多くなるような気がしました。

学生はわからないことが増えれば増えるほど、もっと勉強しなくてはと思いました。

学生はかじかんだ手で、ページをめくり続けました。

切手が一枚、本のあいだから出てきました。

見たこともない文字が書いてあり、見たこともない鳥が飛んでいる切手でした。

読めない字を見て、

「もっと勉強しなくてはいけないな」

と、学生は思いました。

そのとき、下宿のおかみさんが部屋に入ってきました。

おかみさんは学生がながめている切手を見ると、

「手紙にはる切手は持っているんだね」

と言うと、切手を学生の手から抜きとりました。

学生は本を読み続けました。

4

おかみさんは、マーケットに買いものに行くために急いでいたので、切手をよくながめたりはしませんでした。

おかみさんは大急ぎで切手を台所の引き出しに入れて、引き出しの中の財布をつかんで、かごをぶらさげてマーケットに行きました。

おかみさんがマーケットに行くと、酔っぱらいのご亭主が帰ってきました。

酔っぱらいのご亭主は、夕方からもう一杯ひっかけたかったので、

台所の引き出しからお金を出そうとしました。

お金なんかありませんでした。

引き出しには切手が一枚ありました。

見たこともない字と、見たこともない鳥が描いてありました。

酔っぱらいのご亭主は、その切手をじっと見ました。

酔っぱらいのご亭主は、その切手をポケットに入れると、酒場に出かけました。

酒場では、男たちが陽気にさわいでいました。

「おれは、昔、足が五本ある牛を見たことがあるぜ」

一人の男が言いました。

「どうやって歩くんだね」

もう一人の男が言いました。

「毎日一本ずつたんすの引き出しにしまっておくのさ」

と、初めの男は答えました。

男たちは大笑いをして、

「おやじさん、奴に一杯、おれのおごりだ」

と、もう一人の男が酒場のおやじさんに言いました。

「おれは字を書く犬を飼っていたことがあるぜ」

太った帽子をかぶった男が言いました。

「どうやって字を書くんだね」

男たちの一人が言いました。

「散歩につれていくと、クエッションマークのしょんべんをするのさ」

太った帽子をかぶった男が言いました。

「クエッションマークは字とは言わないぜ」

男たちはクエッションマークは字か字ではないか、議論を始めました。

「うちのオウムは」

オウムなんか飼っていない、酔っぱらいの下宿屋のご亭主は言いました。

「字も絵も描くぜ」

「どうやって」

酔っぱらいの一人が言いました。

酔っぱらいたちは、でたらめの話が大好きだったので、でたらめのゆかいな答えを聞きたがりました。

「証拠を見せてやろう」

下宿屋のご亭主はポケットから切手を出しました。

酔っぱらいたちは、切手をのぞきこみました。

「なるほど、人間が描いたものとは思えない」

「この字は、オウム語よ」

下宿屋のご亭主はでたらめを言いました。

男たちの中に船乗りが一人いました。

船乗りはその切手を手にとって、よく見ようと思いました。

でも酔っぱらっていたので、絵も字もよく見えませんでした。

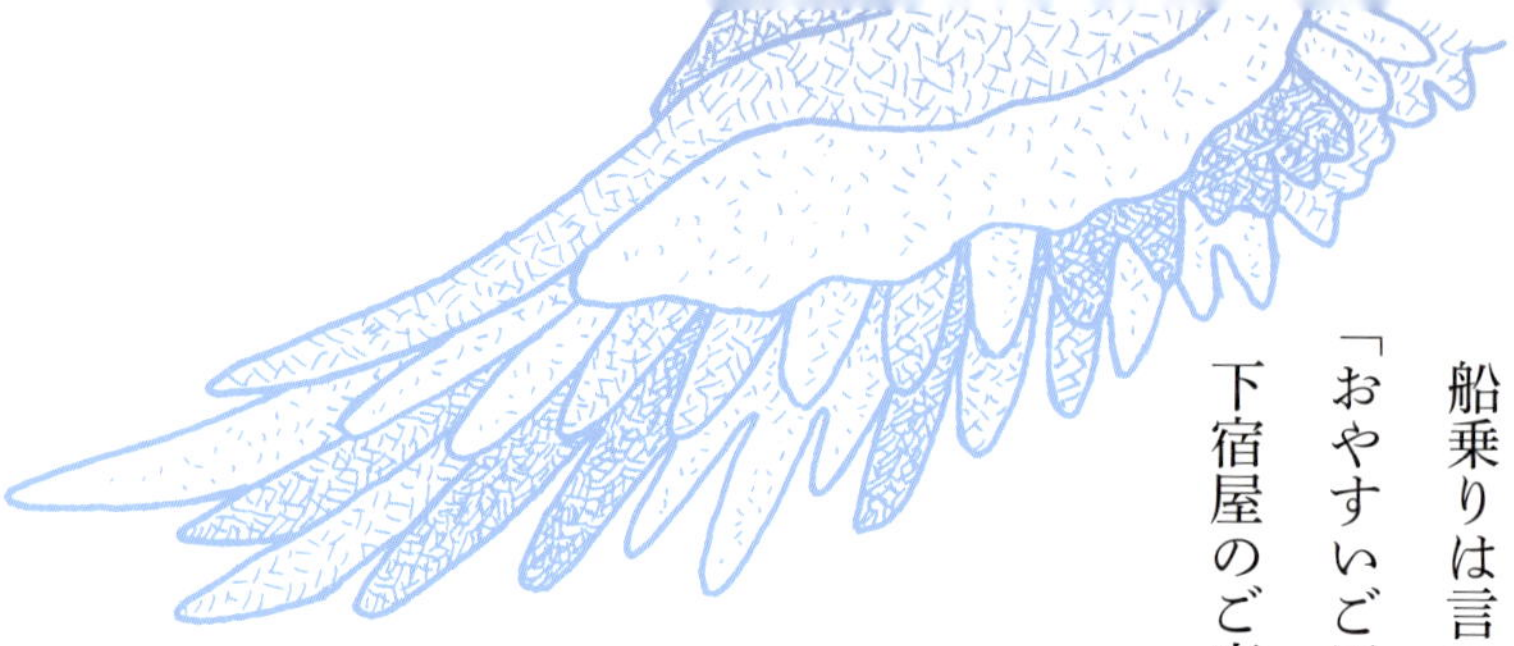

美しい鳥は、小さな切手の中で空を飛んでいるように見えました。

「たいしたもんだ。コップ三杯の酒ととりかえておくれ」

船乗りは言いました。

「おやすいご用だ」

下宿屋のご亭主は思いっきり酔っぱらうことができました。

5

船乗りは次の日の朝、船に乗って知らない国へ行きました。

そして、知らない国の港町につきました。

知らない国のホテルについて、ポケットに手をつっこむと切手が出てきました。

船乗りは酔っぱらっていなかったので、その切手を見ると、

「すっかりだまされちゃったな」

と、ホテルの机の上にその切手をのせました。

「しかし、きれいな切手だな。この字はいったいどこの国の字なんだろう。こんな鳥は見たこともないな。おれがまだ行ったことのない国もあるのだな」

と、船乗りはつぶやきました。

そのとき、ホテルの女中がほうきとバケツを持って部屋に入ってきました。

そして、窓をあけました。

風が吹いてきて、机の上の切手は床に落ちました。

「だんなさん、掃除のあいだ、外に出ていてくれるかね」

女中さんは、太ったぷくぷくした手でほうきを動かしながら言いました。

「そのへんをひとまわりしてこようかな」

船乗りは、めずらしいお土産があったら小さな娘に何か買ってやろうかなと思いながら、街に出ていきました。

女中さんは集めたごみをバケツに入れて、となりの部屋の掃除をするために、船乗りの部屋を出ました。

女中さんは二十一の部屋の掃除をすませてくたくたになり、バケツのごみを捨てにいきました。

大きなごみ箱の中に、とてもきれいな小さな切手がありました。

女中さんは切手をひろうと、ごみをきれいに指でふきました。

見たこともないきれいな鳥が描かれていて、読めない字が書いてありました。

女中さんは小さな女中部屋に帰ると、切手をじいっと見ました。

女中さんが持っているものの中で、その切手だけがとても美しいもののように思われました。

女中さんは、そまつな小さな木の針箱の中に切手をしまいました。

6

そのうちに戦争が始まりました。
娘たちの恋人や若い夫は、次々に戦争に出かけていきました。
娘たちは好きな若者が戦争に出かけるとき、お守りを若者に持っていきました。
そして、
「きっと死なないで帰ってきてね」
と、涙でぐっしょぐっしょになったほっぺたを、若者に押しつけま

した。

「死ぬものか」

若者たちは、娘たちの涙を人さし指でふきながら言いました。

「死ぬものか」

と、若者が答えると、死ぬにちがいないと娘たちは思うのでした。

娘たちは、金の指輪や、ガラスの玉や、自分の写真やリボンを、自分の髪の毛と一緒に若者たちに身につけさせました。

虫歯を若者の上着に縫いつけた娘もいました。

女中さんの恋人も兵隊になりました。

女中さんは、金の指輪も写真も持っていませんでした。

虫歯は一本もありませんでした。

針箱をあけると、いつか、ごみ箱の中に落ちていた切手が大事にしまってありました。

女中さんはその切手をていねいに紙にくるんで小さな袋を縫って、

髪の毛も切って中に入れました。

　そして、明日戦争に出かけていく恋人の胸のポケットに入れました。恋人の青い兵隊の洋服のポケットに切手を入れるとき、女中さんは、

「きっと死なないでね」

　と、泣きながら言いました。

「死ぬもんか」

若者は、大きな声で言いました。

「じき帰ってくるからな、帰ってきたら、お前は肉まんじゅう屋のおかみさ。お前はぷくぷくしていて肉まんじゅうみてえだ。おれの作る特別うめえ肉まんじゅうだ。肉まんじゅうみたいに食っちまいてえ」

　若者は右手でぷくぷくした女中さんの手を握り、左手でぷっくりしたほっぺたの涙をふきました。

7

若者は戦場に行きました。

上官は、

「敵地を偵察に行ける勇気あるものは出てこい」

と、森の中の野営地で言いました。

「あっしが行きやしょう」

肉まんじゅう屋が言いました。

肉まんじゅう屋は勇気があったのではありません。

のん気だったのです。

のん気と勇気は区別がつかないことがあるものです。

肉まんじゅう屋は、すたすた歩いていきました。

とてもよい天気で森の中は鳥の声があちこちでしました。

肉まんじゅう屋はどんどん歩いていきました。

森の中を歩いていくと、向こうからすたすた歩いてくる緑色の洋服を着た兵隊に会いました。

肉まんじゅう屋は、一人で長いこと歩いていたので、誰かに会ったのを嬉しく思いました。

「やあ、いっぷくしようかね」

青い洋服を着た肉まんじゅう屋は言いました。

「ちょうど、そうしたかったところさ」

緑色の洋服を着た兵隊は言いました。

二人は腰を下ろしていっぷくしました。

「戦争が終わったら、わたしゃあ、かわいい嫁さんをもらうってわけさ」

肉まんじゅう屋は言いました。

「おれは、かわいい嫁さんもらったばかりさ」

緑色の洋服を着た兵隊は言いました。

「そいつあ、よかった」

二人は肩をたたき合って笑いました。

「おれの娘は、肉まんじゅうみてえに食っちまいたいほど、かわいい奴だ。戦争が終わったら食ってやるだ」

「うちの奴のシチューは世界一さ、早くうちの奴のシチューが食いたいもんだ」

緑色の兵隊は言いました。

「どこへ行くのだ」

肉まんじゅう屋は言いました。

「敵の偵察さ」

緑色の兵隊は言いました。

「おれもだ」

肉まんじゅう屋が言いました。

二人は黙ってしまいました。

しーんとして涼しい風が吹いています。

時々、鳥の声がしました。

二人は黙ったままじっと顔を見合わせていました。

「で、兵隊は何人いるね」

「五千人」

肉まんじゅう屋は言いました。

「こっちは、五万人だ」

緑色の兵隊は言いました。

本当は五千人でした。

「大砲は」

肉まんじゅう屋は聞きました。

「五百」

緑色の兵隊は言いました。

本当は五十でした。

二人は黙ってじっと地面を見つめていました。

地面には、ありが行列して歩いていました。

二人の兵隊は、ありの行列をじっと見ていました。

「お前の食っちまいたい娘にこれをやってくれ」

緑色の兵隊は胸にぶらさげた桃色の貝を肉まんじゅう屋の首にかけました。

肉まんじゅう屋は、

「これをお前のできたてほやほやのかみさんにやってくれ」

と、胸のポケットから小さな袋を出して中をあけました。

肉まんじゅう屋は初めて、美しい切手をながめました。

見たこともない美しい鳥と見たことのない字が描いてあり、それを見ると肉まんじゅう屋は遠いふるさとのぷくぷくした女中さんを、本当にかわいいと思うのでした。

そして、女中さんの髪の毛だけを抜いて、緑色の兵隊の胸のポケットに小さな袋を入れて、ポケットの上をたたきました。

「不思議なもんだな、お前は敵なのに、ただの肉まんじゅう屋じゃないか」

緑色の兵隊は言いました。

「不思議なもんだな、どっちかって言えば、おれはお前と一杯飲みたい気分だ」

肉まんじゅう屋は言いました。

そして、二人は西と東に別れて、もと来た道を戻りました。

緑色の兵隊は、上官のところに戻ると言いました。

「敵方は兵隊五十万、大砲五千、とても勝目はありません」

上官は、

「全軍撤退！」

と叫ぶと、自分が一番先頭に立って撤退をしました。

撤退の途中で戦争は終わりました。

8

緑色の兵隊が家に帰ると、赤ん坊の泣き声がしました。

兵隊は急にお父さんになったので、なんだかとても恥ずかしい気持ちがしました。

おかみさんは兵隊を見ると、口をポカンとあけて、次に兵隊の首にかじりついて涙をぐしゃぐしゃ流しました。

兵隊が戦争に出かけたときよりも、たくさんの涙が出てきました。

「お前さん、台所の戸を直しておくれ。それから庭の木にこの子のためにブランコを作っておくれ」

「よし来た」

と、兵隊は言って赤ん坊を抱き上げました。

「お前、この子はまだブランコに乗るには早くはないかね」

兵隊はおかみさんに言いました。

「ちっとも早くはないよ、わたしが抱いて乗るんだよ」

そしてその夜、死ぬほどお腹いっぱいのシチューを緑色の兵隊は食べました。

食べ終わると、兵隊は胸から切手をとり出して、

「肉まんじゅう屋が、お前によろしく言っていたよ」

と、切手をおかみさんにわたしました。

おかみさんは、まじまじと切手を見ました。

「なんてきれいな切手だろう。なんて不思議な鳥だろう」

それからもう一度兵隊を見て、

「お前さん本当によく帰ってきてくれたね」

と言うと、兵隊の首にかじりつきました。

そして、

「お前さんはもう兵隊じゃないんだから、その洋服はぬいでおくれ、そしてただの大工の洋服に着がえておくれ」

と言いました。

ただの大工に戻った兵隊は、まず最初にかわいいかわいい木の額縁を作り、その中に不思議な切手を入れました。

そしてそれを寝室の壁にかざりました。

それから、台所の戸を直し、そのあと、庭にブランコを作りました。

9

赤ん坊は女の子でした。

女の子はぐんぐん大きくなりました。

大工さんは毎日女の子にキスをして、仕事に出かけました。

おかみさんはおいしいシチューを作り、大工さんが仕事から帰ってくると、毎日首っ玉に抱きついて、

「ああ、よく帰ってきたね」

と言いました。

大工さんは、

「戦争から帰ってきたわけじゃあるまいし、大げさだな」

と言って、おかみさんの髪をなでるのでした。

女の子はそれをじっと見つめていました。


女の子の家は、丘のふもとにありました。丘のふもとには、貧しい家がびっしり並んでいました。

女の子が庭のブランコに乗って遊ぶと、パンツをはいていない小さな男の子や、はだしの女の子が集まってきて、ブランコに乗る順番を待ちました。

女の子は子供たちが集まると、もう乗りたくないほどたくさんブランコに乗って遊んだあとなのに、決してブランコからおりようとしませんでした。

そして気取った顔をして、

「これは父さんが作ってくれたわたしのブランコ。乗りたかったら自分とこの父さんに作ってもらえばいい」

と言いました。

パンツをはいていない男の子は、

「おれんとこの父さんは、洗濯屋だから、ブランコなんか作らなくてもいいのさ。おい、乗せろよ」

と言いました。

「そう、だから、あんたのパンツはいつも洗濯中なのね」

と、女の子はブランコに乗ったまま言いました。

はだしの女の子は、

「わたしの父さんだってずっと昔、ブランコ作ってくれたわよ、だけどかみなりが落ちた日に、木もブランコもまっくろこげになったのよ」

と言いました。

「ついでに靴もね」

と、女の子はブランコに乗ったまま言いました。

大工のおかみさんは台所からそれを見ると、とても悲しくなるのでした。


女の子はスープを飲んだあと、大工さんのひざによじのぼって、大工さんに言います。

「ねえ、父さん、父さんは世界で一番偉いね」

「そんなことはないさ、おれはただの大工さ。ただの大工でも母さんのようなおかみさんを持てたから、世界一の幸せさ。それにお前も世界で一番かわいい」

「わたしも、父さんそっくりの人のおかみさんになるの」

おかみさんは悲しそうに首をふって、

「お前がみんなにブランコを貸してやったらね」

と言います。

女の子は急にカンシャクをおこして大声で泣きだし、

「誰も乗せない、誰も乗せない」

と、足でバタバタ床をふみならすのでした。

女の子がカンシャクをおこして泣き寝入りをしてしまった夜、おかみさんはベッドにすわって泣いていました。

「どうしてあの子は、あんななのかしら、あの子がお腹にいたとき、戦争だったからかしら。あんたはこんなに優しい人なのに」

「あの子はとってもいい子だよ」

「そうよね」

おかみさんは、ベッドの上の小さな小さな額縁の美しい鳥を見つめて言いました。

おかみさんは悲しいとき、いつもその小さな美しい鳥を見つめました。

女の子はもっともっと、大きくなりました。

誰にもブランコを貸さないまま。
そして女の子は、もうブランコで遊ぶには少し大きくなりすぎていました。
ブランコは誰も乗らないまま、庭の木からぶら下がっていました。
時々風が吹くと、少しだけゆれていました。

10

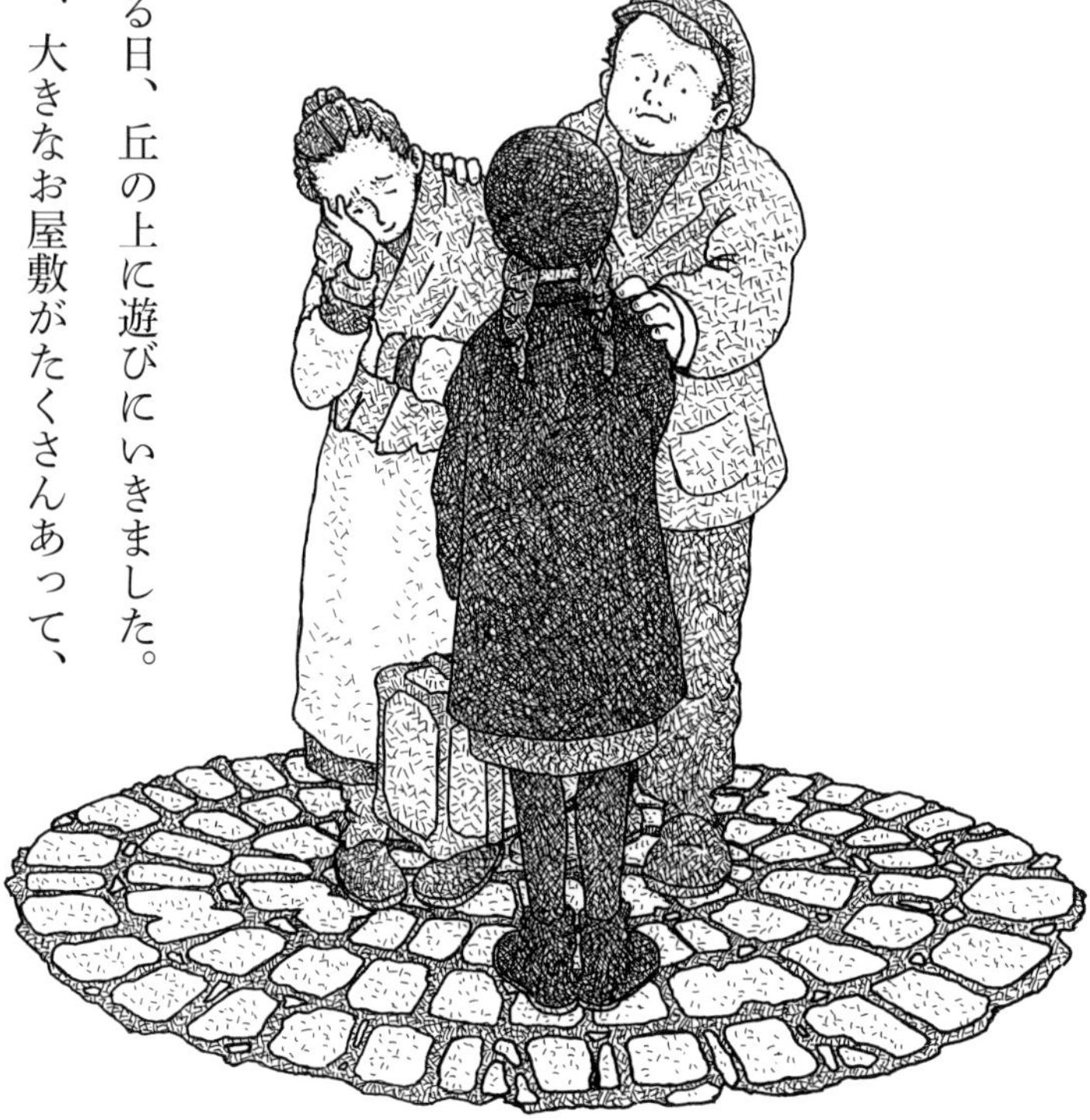

女の子はある日、丘の上に遊びにいきました。
丘の上には、大きなお屋敷がたくさんあって、
お金持ちが住んでいました。
大きなお屋敷から、きれいな洋服を着た女の子が銀色の自転車に乗っ

て坂道を下りていきました。

女の子はじっとそれを見ていました。

そして、大工のおかみさんが洗ってくれた洋服をじっと見ました。

丘の上から海が見えました。


女の子は、家に帰ると鏡を見ました。

鏡の中にはとてもきれいな女の子が、大きな目を見開いて口を結んでうつっていました。

おかみさんは女の子の髪をなで、

「お前がこんなにきれいな娘になってくれて、わたしはとても自慢だよ」

と言いました。

「わたしは、丘の上の家に生まれたかった」

女の子は、そう言うと、ドアを閉めて自分の部屋に入ってしまいました。

「わたしはもっと大きな街に行くわ、大きな街で働いてお金持ちになって幸せになるの」

「わたしはずっと幸せだったのに」

おかみさんは小さな声で言いました。

「でも貧乏だったじゃないの」

女の子は口を結んで、決心していました。

女の子は大きな街へ行く用意を始めました。

用意といっても、小さなトランクにわずかな洋服があるだけでした。

おかみさんは、寝室の壁の小さな小さな額縁を外すと、女の子にわたしました。

「体に気をつけるんだよ。これは父さんと母さんがとても大事にしていたものなんだよ。

大きな街で悲しいことがあるかもしれないけど、そんなときのために何か役に立つかもしれない」
女の子は、この古めかしい小さな額縁なんか欲しいと思いませんでした。
でも女の子は、
「父さん、母さん、ありがとう」
と言って、それをトランクに入れました。
でも、よく見ませんでした。
おかみさんは泣いていました。
大工さんは少し年とったおかみさんの髪をなでて、
「お前、この子は戦争に行くわけじゃないんだよ、大人になりに行くんだ」
と言いました。
大工さんもおかみさんも、女の子にキスをしました。
女の子は家を出ていきました。

11

大きな大きな街で、女の子は小さな小さなアパートに住みました。

そして大きなビルの中にある、レストランのウエイトレスになりました。

女の子は一生懸命働きました。

女の子はテーブルからテーブルに、水を運び、お皿を運びました。

そのお皿には、女の子が一度も食べたことのない、名前だけ知っているお料理がのっかっているのでした。

立派な流行の洋服を着た女の人が、その名前だけしか知らないお魚

の料理を、半分だけまずそうに食べ残したりしました。

一緒に来た太った男の人は、

「お前、どっか具合が悪いのかい」

と聞きます。

女の人は、

「まずいだけよ」

と言います。

男の人は、

「機嫌を直して、新しいハンドバッグでも買おうか」

と聞いたりします。

お皿を片づけながら、

「どうして、こんな女の人が、お金持ちなのかしら。わたしの方がずっときれいだわ」

と思うのでした。

すばらしくきれいな女の人が、山ほどのビフテキを食べることもありました。

すばらしくきれいな女の人は、一緒に来た男の人が何を聞いても、にこにこ笑って、

「ええ、ええ、どうぞ」

とばかり言っています。

女の子は二つ目のデザートのアイスクリームを運びながら、

「きれいでも、なんてばかな女の人だろう、わたしの方がずっと、利口なのに」

と思います。

そして、くたびれて小さなアパートに帰りました。

12

ある日、レストランに一人の若者が入ってきてサンドイッチを注文しました。

その店で、サンドイッチが一番安かったのです。

若者はすり切れたジーンズと、セーターを着ていました。

そして、とても立派なひたいをしていました。

「スープはよろしいですか」

女の子はわざと言いました。

「いらないよ」

若者は言いました。

「サラダはいかがいたしますか」

女の子は言いました。

「いらないって言っているだろう」

「コーヒーはお持ちいたしますか」

女の子は言いました。

若者は立ち上がって、

「君は僕が貧乏なのを知っていて、わざと言っているんだろ。もう何もいらない。僕が小さかったとき、となりにいた意地悪な女の子にそっくりだ。どこにでもいるんだ、意地の悪い子はね」

と言うと、カバンをつかんで出ていってしまいました。

女の子は急いでドアまで出ましたが、若者の姿はどこにも見えませんでした。

その日、女の子は小さなアパートに帰ると、壁によりかかって目をつぶりました。
誰も乗っていないブランコが風にゆれていました。
そして、父さんが母さんの髪をなでていました。
女の子のいなくなったガランとした家で。

13

女の子は日曜日に、大きなビルの中を歩いていました。

ビルの中には洋服を売る店も、時計を売る店もありました。

本屋も画廊もありました。

女の子はきれいな外国から来た洋服を見て、ダイヤモンドのついた時計も見ました。

誰がこんなきれいなものを着るのでしょう。

女の子は誰が着るよりも、その洋服は自分が着たら似合うのに、と思うのでした。

そしてダイヤモンドのついた時計は、その洋服にとても似合うでしょう。
女の子はため息をつきました。
そして画廊に行きました。
絵が並んでいました。
画廊の中は、この世ではない違う世界のようでした。
そこにはたくさんの不思議な鳥が、輝くばかりに飛んでいました。
鳥の絵ばかりでした。
女の子は外国の洋服のことも、ダイヤモンドのことも忘れました。
きらびやかな絹の洋服よりも、光るダイヤモンドよりもその鳥は輝いているのでした。
女の子は、どっかでこの鳥を見たことがあるのかしらと思いました。
女の子は思い出しそうで、思い出すことができないのでした。
女の子は、画廊が閉まるまで鳥の絵を見ていました。

次の日、お休み時間に女の子は鳥の絵を見にいきました。

次の日も、女の子は鳥の絵を見にいきました。

次の日、

「君は、ただ絵を見るだけなのかい」

と言う声がしました。

いつかの若者でした。

「そうよ」

女の子はちょっと若者を見て言いました。

「それはよかったね。買わないなら出ていけっていう、意地悪な女の子がいなくて。君は毎日金のない奴に意地悪をしているのかい」

若者は言いました。

「そうよ」

若者は笑いだしました。

女の子はカッとしました。

「あなただって、ただ絵を見るだけなんでしょ」

「今はね」

若者は答えました。

カッとした女の子は、もう一度鳥の絵を見ました。

鳥の絵を見ると、カッとした気持ちがすーっと消えてしまいます。

「わたし、この絵が好きなの。どうしてだかわからないけど」

女の子は優しい声で言いました。

「僕も」

「わたし、この絵を描いた人知っているみたいな気がするの」

「描いた人は、君なんかに知られたくないと思っているよ」

「どうして」

女の子は鳥の絵を見たまま答えたので、優しい声のまま言いました。

「そいつは金がないからさ。レストランに行ってもサンドイッチだけしか注文しないんでね」
女の子は驚いて、貧しい身なりの若者を見直しました。
そして真っ赤になりました。

14

次の日も、女の子は絵を見にいきました。

たくさんの人が絵を見ています。

「なんてきれいな絵かしら。この絵は売るのかしら」

ミンクのコートを着た人が、絵の前で言いました。

女の子は、知らず知らずのうちに言っていました。

「この絵はわたしが買ったの」

「あら、この絵そんなに安かったの？」

女の人は、女の子のそまつな洋服を見て言いました。

「有名な人じゃないものね」

と言って、女の人は出ていってしまいました。

「すばらしい不思議な絵だな。この絵は売るのかな」

黒い帽子をかぶった男の人が、別の絵の前でつぶやきました。

女の子は急いで言いました。

「この絵はわたしが買ったの」

黒い帽子をかぶった男の人は、女の子を見て言いました。

「残念だな、しかし、うれしいね、わたしとあなたは同じ趣味だったのか。しかし、残念だな」

黒い帽子をかぶった男の人は出ていってしまいました。

女の子は胸がドキドキしました。

それから、首からカメラを下げた新聞社の人が絵の写真を撮り、あたりを見まわしてつぶやきました。

「この絵の作者はいないのかな」

女の子は新聞社の人のそばに行って言いました。

「今、病気なんです」

新聞社の人は、

「それは残念だな。インタビューして夕刊にのせようと思ったのに」

新聞社の人は、残念そうに出ていってしまいました。

15

「やっぱり、一枚も売れなかったな」

若者は、壁から絵を外しながら言いました。

女の子は小さな自分の部屋で泣いていました。

女の子は、どうしてあの若者の絵が他の人のものになるのが嫌だったのか、わかりませんでした。

わたしは本当の意地悪なんだ。

サンドイッチしか食べられない貧しい若者は、あの絵が売れたら、女の子のレストランの一番厚いビフテキを何枚も食べられたでしょう。

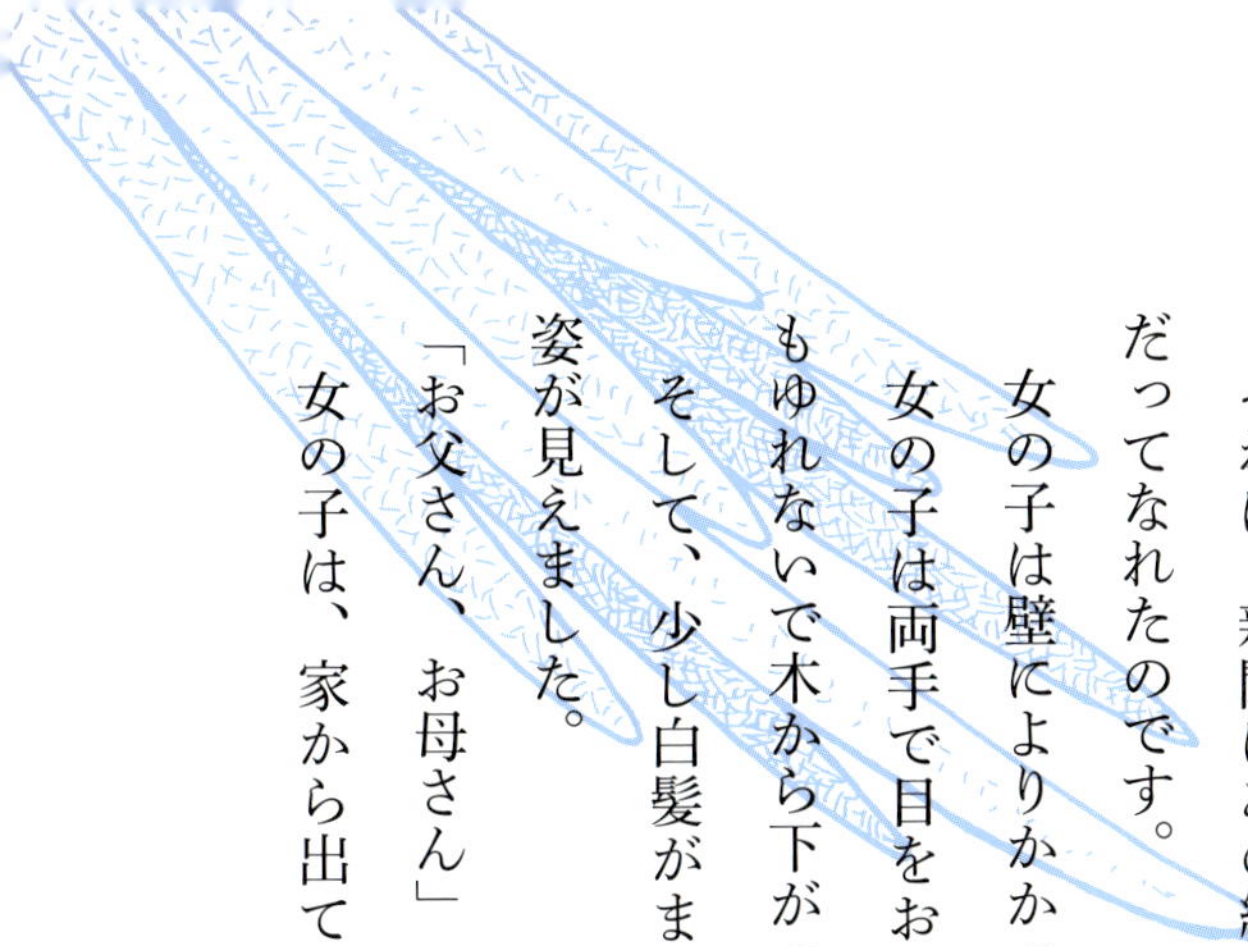

着たきりすずめのセーターも、暖かい軽いセーターに着がえられたでしょう。

それに何より、あの若者の美しい絵をたくさんの人が欲しいと思うほど好きになってくれたことは、どんなに若者をはげましたことでしょう。

それに、新聞にあの絵のことと、若者の写真が出たら若者は有名にだってなれたのです。

女の子は壁によりかかって泣いていました。

女の子は両手で目をおさえました。目の奥に小さなブランコが風にもゆれないで木から下がっていました。

そして、少し白髪がまじったお母さんの髪をなでているお父さんの姿が見えました。

「お父さん、お母さん」

女の子は、家から出てくるときお母さんが悲しいときに何か役に立つかもしれないと言ってわたしてくれた、小さな額縁のことを思い出しました。

小さな額縁は、女の子のトランクの底に、持ってきて一度も出されないままになっていました。

女の子は、うすい紙をはがして小さな額縁を出して見ました。

小さな額縁の中に小さな切手がありました。

それはなんと若者の描いた絵と似ていたことでしょう。

女の子は若者に、手紙を書こうと思いました。

女の子はいったいなんて書けばよいのかわかりませんでした。

でもこの切手の鳥は、若者のものなのだ、鳥は若者のところに帰りたがっているのだと、女の子には思えました。

女の子は何も書けなかった白い紙を一枚封筒に入れて、封筒の裏に自分の名前と、アパートの住所を書いて、封筒を閉じました。

そして次の日画廊に行って、若者の名前と住んでいるところを聞きました。

女の子は、電車に乗って若者の住む町に行きました。

女の子がバスを降りて公園のそばを通りすぎようとしたとき、

「やあ意地悪なおじょうさん。こんにちは」

という声がしました。

女の子は、驚いて声の方をふりむきました。

若者が、公園のベンチにすわっていました。

「今日は、意地悪は定休日なの？」

女の子は赤くなりました。

女の子は若者のとなりにすわりました。

女の子はハンドバッグをしっかり握って黙っていました。

「どこへ行くの？」

若者は聞きました。

「何しているの？」

女の子は聞きました。

「何もしてないよ。僕はもう何もしないのさ。僕の絵なんか、誰も好きじゃないんでね」

「わたしが好きだわ」

女の子は叫びました。

「わたしは、あなたの絵を誰にもわたしたくないほど、好きだわ。そして、わたしが誰にもわたさなかったのよ」

女の子は、大きな声で泣きだしました。

「神様だって許さないわ。神様だって許さないことを、わたしはしたのよ」

若者はびっくりして、女の子を見ていました。

女の子はハンドバッグの中から、白い封筒を出すと若者にわたしました。

女の子は立ち上がると、バスに乗って自分の街に帰りました。

16

女の子は毎日レストランに行って、お皿を洗い、料理をテーブルに運びました。

女の子は、きれいな女の人がビフテキを三枚食べても、豚みたいによく食べるなどと、思いませんでした。

もう一度若者に会って、それから、もう一度あの鳥の絵を見てみたいとだけ考えました。

ある日、女の子はテーブルにすわっている若者を見ました。

若者は、

「サンドイッチだけ食べられるかい？」

と聞きました。

「もちろんよ」

女の子は真っ赤になって答えました。

そして、もじもじしながら立っていました。

若者は白い封筒を出すと、女の子にわたしました。

封筒には、あの不思議な切手がはってありました。

中の白い紙に、

「僕の鳥を全部君にあげる」

と書いてありました。


「とても不思議だね。君がくれた切手を見たとき、もう僕は鳥の絵を描きたくなくなっちゃった。

僕が描いたたくさんの鳥がただ一羽になって、僕のところに戻ってきたみたいだったんだよ」

女の子と若者は、公園のベンチにすわっていました。

「どうしてあの切手が、父さんと母さんのところにあったのかしら」

女の子は切手のことを考えると、若者のひたいをさわりたくなるのでした。

でもどうしてだか、女の子にはわかりませんでした。

「僕は描こうとも思わないのに、頭の中に鳥がたくさん出てきたんだよ。でもね、今は世界中にもっともっと描きたいものがたくさんあるような気がする」

女の子は、若者の鳥でない絵を見てみたいと思いました。

「神様も許さない意地悪なわたしを、あなたはどうして許してくれたの」

「僕よりも、僕の絵を好きになってくれたからさ」

女の子は、若者のひたいにそっとキスをしました。

「今はね、あなたよりあなたが好きよ」

若者は言いました。

「生まれてきたときみたいな気がするよ」

女の子はもう一度、若者のひたいにキスをしました。

この本は『ぼくの鳥あげる』（フレーベル館１９８４）の新装復刊です。
復刊にあたり一部の字句を修正し、挿絵・デザインを一新しました。

佐野洋子（さの　ようこ）

1938年、北京に生まれる。武蔵野美術大学デザイン科卒。1967年、ベルリン造形大学においてリトグラフを学ぶ。主な作品に『100万回生きたねこ』『おじさんのかさ』『わたしのぼうし』（講談社出版文化賞絵本賞）『だってだっての おばあさん』などの絵本や、童話『わたしが妹だったとき』（新美南吉児童文学賞）、『神も仏もありませぬ』（小林秀雄賞）『シズコさん』『死ぬ気まんまん』などのエッセイも多数。2003年紫綬褒章受章。2010年、72歳永眠。

佐野洋子 オフィシャル・ウェブサイト　http://office-jirocho.com

絵・広瀬　弦（ひろせ　げん）

1968年、東京に生まれる。絵本・挿絵などで個性豊かな作品を発表している。佐野洋子との共著に『女一匹』『佐野洋子の動物ものがたり』など。ほかの作品に『まり』『イソップ詩』（文・谷川俊太郎）『西遊記』シリーズ『サブキャラたちの日本昔話』（作・斉藤洋）『100万分の1回のねこ』（トリビュート短編集）など多数。

企画・編集＝風木一人
装丁・本文デザイン＝宮川和夫事務所

ぼくの鳥あげる

二〇一九年六月五日　第一刷発行

著者　佐野洋子
絵　広瀬　弦
発行人　田尻　勉
発行所　幻戯書房
〒一〇一-〇〇五二　東京都千代田区神田小川町三-一二
電　話　〇三-五二八三-三九三四
ＦＡＸ　〇三-五二八三-三九三五
ＵＲＬ　http://www.genki-shobou.co.jp/

印刷製本　美研プリンティング

ISBN978-4-86488-160-9　C0093